Fabeln und Erzählungen

Leopold Friedrich Günther von Goeckingk

copyright © 2023 Culturea éditions
Herausgeber: Culturea (34, Hérault)
Druck: BOD - In de Tarpen 42, Norderstedt (Deutschland)
Website: http://culturea.fr
Kontakt: infos@culturea.fr
ISBN:9791041933723
Veröffentlichungsdatum: April 2023
Layout und Design: https://reedsy.com/
Dieses Buch wurde mit der Schriftart Bauer Bodoni gesetzt.

ER WIRT MIR GEBEN

Die drei Schwiegersöhne

Vor etwa zwanzig Jahren lebte

Ein Kaufmann zu *Berlin,* der, nach des Vaters Rath,

Im zehnten Jahre schon nach Geld, statt Weisheit, strebte,

Und, als er sechzig war, das nemliche noch that.

Genossen hatt' er freilich von dem Leben

Sehr wenig, oder nichts; doch lagen auch davor

In seinem Pult' zehn tausend Friedrichsd'or.

Ein schönes Geld! doch hätt' ich Thor

Mein bischen Fröhlichkeit ihm nicht dafür gegeben.

Wie schon gesagt: Er war itzt sechzig alt;

Nun wollt' er auch das Leben recht genießen.

Er gab die Handlung auf; drei Töchter waren bald

An Mann gebracht; denn jedem Schwiegersohn'

Den sauren Kelch des Ehstands zu versüßen,

Beglänzten funfzehn tausend Thaler schon

Des Alten Pult; dabei bedung er aus,

Was wohl für diesen Preis ein jeder billig fände,

Ihn Reih herum zu speisen bis ans Ende.

Vorbei ist kaum der letzte Hochzeitsschmaus,

So schlägt der Alte fröhlich in die Hände,

Dankt Gott, und schleicht sich in sein kleines Haus.

Im Anfang' ging das Ding nach Herzens Wunsch!

Man füttert ihn mit Leckerbissen,

Füllt seinen Becher bald mit Bischof, bald mit Punsch,

Und wärmet seines Lehnstuhls Kissen.

O! rief er einst, wie glücklich ich nicht bin!

Wozu soll ich noch Geld besitzen?

Nein! mehr als mir kann's meinen Kindern nützen!

Gleich gab er auch den Rest noch hin.

Doch, Undank ist der Menschen Lohn.

Denn ehe noch ein Jahr vergangen,

War schon der beste Schwiegersohn

Werth, (sprach der Alte,) ihn zu hangen.

Zum Glücke hatt' er einen Freund,

Wie ihrer wenig nur es gibet hier zu Lande,

Zu diesem ging er hin, und weint'

Und klagte seine Noth. »Ach! wärest du im Stande

Auf Einen Tag zehn Tausend Thaler mir

Zu borgen, und ein Hundert ganz zu schenken,

Die letzte Freude dankt' ich dir.«

Und ohne lang sich zu bedenken,

Holt jener so viel Gold, und spricht mit Thränen: Hier!

Der Alte bat darauf zu einem Schmaus

Die Schwiegersöhn' und Töchter in sein Haus.

Sie aßen das Confect, und tranken den Burgunder

Von dem Geschenk' der hundert Thaler aus;

Doch nahm's die Herren mächtig wunder,

(Denn seinen Beutel hielt nicht Einer für gesunder,

Als in der That der Hecticus auch war;)

Als aber unterm Essen gar

Sein alter Freund durch ein Billet ihn bat,

Zehn Tausend Thaler ihm, wo möglich, vorzuschießen,

Und unser Alter ging, den Kasten aufzuschließen,

Und Gold auf Gold in einen Beutel that,

Da ließen sich die Herrn der Mühe nicht verdrießen,

Durch leckre Kost und Schmeicheleyn,

Des Alters Bitterkeit ihm willig zu versüßen,

Ja neidisch selbst auf seine Gunst zu seyn.

Er starb, und ward mit großer Pracht,

Wiewohl auf Vorschuß nur, begraben.

Nach einem Monat ward der Kasten aufgemacht.

Was sie darin gefunden haben?

Dieß Zettelchen: Wer alles was er hat,

Den Kindern gibt, wird endlich kaum noch satt

Sich essen, und den Durst kaum löschen können;

Denn außer einem Sarg' wird man ihm nichts mehr gönnen.

Die Nachtigall bei Leipzig

Ihr kennt doch wohl das Rosenthal[1]

Bei *Leipzig?* Nun! da baut' einmal

Ein Nachtigallenpaar ein Nest und heckte.

Indeß die Sie bald auf der Wache stand,

Bald ihre Brut vor Wind und Regen deckte,

Flog Er umher nach Proviant.

So bracht' ihn einst sein Morgenflug

In die Allee von Leipzig's Linden;

Entzückt, ein Publikum zu finden,

Das nett geputzt und schön frisirt sich trug,

Setzt' er sogleich sich hin, und schlug

Beim Bravo! seiner Auditoren,

Bis sie von selbst am Abend sich verloren.

Nun ward sein Durst und Hunger wach;

Allein zu spät ging er der Nahrung nach,

Die Finsterniß entzog sie seinem Blick,

Und kaum fand er sich noch ins Rosenthal zurück.

Hier klagt' ihr Leid sein Weibchen stillen Hainen,

Und sprang betrübt am Nest' herum.

Vor Hunger kamen ihre Kleinen,

Indeß die Herren Bravo! riefen, um.

O Dichter, und o Publikum!

Fußnoten

1 Ein Lustwäldchen, nahe an der Stadt.

Predigt am Magdalenentage

Ein Priester predigte am Fest' der Magdalene,

Vom Gräuel ihrer ersten Lebensart,

Doch ward hernach das Lob der Schöne,

Ob ihrer Reu' und Buße, nicht gespart.

»Nun!« fuhr der Redner zu den Damen,

Die vor ihm saßen, eifernd fort,

»Wie viel sind unter euch, die mehr an diesen Ort

Sich zu belustigen, als zu erbauen, kamen!

O sonderlich ist *Eine* unter euch,

Bei der hilft weder Drohn noch Bitten;

An unverschämten, lüderlichen Sitten

Bleibt sie vielmehr sich immer gleich.

Wie heilig hat sie alle Jahr

Im Beichtstuhl' Besserung versprochen!

Allein wie bald ward dieß Gelübd gebrochen!

Und da sich ihre Frechheit immerdar

Noch gar vermehrt: wer kann uns übel nehmen,

Wenn endlich wir sie öffentlich beschämen?

Denn, sagt die Bibel, wenn dein Bruder fehlt,

Erinnr' ihn Ein- auch zweimal dran,

Doch wenn er dann den Weg der Besserung nicht wählt,

So zeig's nach Pflicht der Kirche an.«

»Das will auch ich itzt thun. Es ist – es ist –

Was meint ihr? Soll ich namentlich sie nennen?

Ich sollte billig wohl; doch wißt –

Allein warum nicht? Gut! ihr sollt sie kennen.

Vielleicht bringt dieß zu ihrer Pflicht

Sie noch zurück, so leid mir's thut, sie zu beschämen.

Es ist – doch ohne Makel könnt' ich nicht

Den Namen nur einmal auf meine Zunge nehmen.

Ich will sie denn auf andre Art der Welt

Kund machen, und einmal an ihr das Strafamt schärfen.

Dort sitzt sie! Wie sie sich nicht stellt!

Gebt Acht! Ich werde mein Gebetbuch nach ihr werfen;

Gebt Acht! Gebt Acht! auf welch' es fällt!«

Indem er nun empor mit seinem Buche fuhr,

War jede bange vor dem Falle,

Und jede bückte sich.

»Verdorbene Natur!

Ich dacht', es wäre Eine nur,

Nun seh' ich wohl, sie sind es alle.«

Die Oberstelle

Mit Zuziehung der Ständ' etwas belieben,

Ist sonst wohl nicht der Herrn Monarchen Art,

Doch in des Löwen Staate ward

Vor kurzem erst ein Landtag ausgeschrieben.

Die Thiere standen wartend da.

Der Löwe kam. Nehmt Platz, bitt' ich, ihr Herrn!

Sprach der Monarch. Allein der eine sah

Den andern an, und keiner wollte gern

Den Anfang machen; denn die Grade

Von Rang, die unter uns ein jeder Dummkopf weiß,

Ließ der Monarch, vielleicht mit Fleiß,

Ganz unbestimmt. Daher verbat ein jeder sich die Gnade

Zu sitzen, wo der Löwe saß.

Dem aber wurde nach gerade

Die Zeit zu lang. »Ihr Herren, treibt ihr Spaß?

Bei meinem Barte! wären wir

Auch nur beisammen, um zu schmausen,

So sollt' uns doch kein kluges Thier

Die Zeit durch solche Possen mausen.

Herr Esel!« – (denn auch Esel sind,

Wenn ihr's nicht wißt, zuweilen Landesstände;)

»Herr Esel! Setz' er sich geschwind

Hier neben mich! Und damit Lied am Ende.«

Welch Wesen da der Esel an sich nahm,

Das könnt ihr leicht von selbst erachten.

Die andern Thiere aber lachten;

Und setzten sich in Zukunft wie es kam.

Der Sprosser

In einem Saal', wo Affen, Papageyn,

Und Vögel aller Art, zur Lust des Fürsten saßen,

Sperrt man auch einen Sprosser ein.

Die Vögel lachen, schwatzen, spaßen,

Der Sprosser nur mischt nie sich mit hinein.

Drob wundert sich ein Cacadoux;

Die Neugier plagt ihn, nachzufragen.

»Was fehlt denn dir? du hörst nur immer zu?

Beliebt dir's nicht, einmal zu schlagen?

Kurzweile gibt's doch hier genug,

Auch läßt es ja der Fürst an Futter uns nicht fehlen;

Und doch mit Langerweil' am Hofe sich zu quälen!

Sehr Sonderbar!«

Drum ist er auch nicht klug!

(Lacht hier dem Cacadoux ein Aeffchen in die Ohren;)

Die Stimm' hat er dazu verloren,

Sonst pfiff' er uns gewiß genug,

Man kennt ja sonst die Eitelkeit der Thoren.

Nein, sprach der Sprosser, guter Cacadoux!

Possierlichkeiten, und in einem Nu

Von Tausend Dingen schwatzen, sind ein eigen

Talent! Der Affe springe, schimpfe du!

Allein für mich geziemt sich's hier – zu schweigen.

Und die Moral, Höflinge, denkt hinzu.

Hans Kasper

Verirret auf der Jagd, von seinen Leuten

Ganz abgekommen, traf der Fürst zum Glück'

Noch einen Bauer an, und ließ von ihm zurück

Sich durch den Wald bis an das Feld geleiten.

Der Fürst, der ihn bald dieß, bald das

Von seinem Dorf' und seinem Amtmann' fragte,

Wollt' endlich auch noch hören, was

Wohl Kasper von ihm selber sagte?

I! sprach der Bauer, der ist zwar

Noch gut genug, doch an der Fürstin fände

Der Teufel selbst kein gutes Haar;

Bei der hat, wie man hört, das Fodern gar kein Ende.

Das Urtheil war zum Glück' nicht wahr,

Drum lächelte der Fürst, und drückte

Dem Kritiker ein Goldstück in die Hand,

Als er von fern das nächste Dorf erblickte,

Wohin der Weg von selbst sich fand.

Nach ein paar Tagen aber schickte

Der Fürst nach Kaspern. Dieser kam.

Als er ins Zimmer trat, erstickte

Sein Herz beinah vor Furcht und Scham.

Doch Kaspers Angst verlor sich nach gerade,

Denn wie es schien, kannt' ihn der Fürst nicht mehr,

Auch gab er mit gewohnter Gnade

Dem allem, was Hans Kasper sprach, Gehör.

Jetzt trat die Fürstin auch herein;

»Gut, daß du kommst! denn eben fiel mir ein,

Was ich dich gestern wollte fragen:

Ob du schon weist, wie ungemein

Viel Gut's von dir die Leute sagen?«

Nun? – »Ei! kein gutes Haar soll an dir seyn!

Man sagt, du könntest nichts, als Fodern und Verschenken!«

Und wer hat das gesagt? den laß doch heut noch henken!

»Hier steht er selbst. – – Es fällt dir doch noch ein,

Hans! daß du jüngst so was im Wald' bei *Ahrenhain*

Zu einem Reiter sprachst?«

Ja! doch wie konnt' ich denken,

Der Schelm würd' ein Verräther seyn,

Zu dem ich's sagte?

Ha! der Schelm ist dein!

Fiel die Gemahlin lachend ein,

Nun magst du ihm die Strafe schenken.

Das Epigramm

Ein Fürst, der an der Tafel saß,

Und, während er von einer Creme aß,

In einem Büchelchen, das neben

Dem Teller lag, mitunter las,

Rief aus: Ein herrlich Epigramm!

Dieß fremde Wort merkt sich gar eben

Ein Herr aus altem deutschen Stamm',

Beschreibt, so gut er kann, zu Hause seinem Koche

Die Crem', und spricht: Nun schaff' mir diese Woche

Auch solch ein herrlich Epigramm.